# Helynt yr H dau

Sioned Lleinau
Suzanne Carpenter

Gomer

Cyhoeddwyd dan nawdd Cynllun Adnoddau Addysgu a Dysgu CBAC

'Helô, Cadi. Mae pen-blwydd Dad heddiw. Bydd angen brechdanau a chacen hadau ar gyfer y parti. Beth am wneud rhestr siopa?'

Rhaid cofio'r hadau!

A rhaid cofio 'mhysgod i!

Ond mae Mam yn brysur gyda'r babi.

Maen nhw'n mynd i'r siop fara gyntaf. 'Helô, Mrs Sidoli. Mae angen tair torth arnom ni os gwelwch yn dda. Beth sydd gyda chi?'

Rhaid cofio'r hadau!

A rhaid cofio 'mhysgod i!

Ond mae Mam yn brysur yn siarad gyda Mrs Sidoli.

Yna maen nhw'n galw i weld
Mam-gu a Tad-cu. 'Ydy'r ieir wedi
dodwy wyau heddiw?' meddai Mam.

Rhaid cofio'r hadau!

A rhaid cofio 'mhysgod i!

Ond mae Mam yn dilyn Tad-cu
i waelod yr ardd.

Gartref, mae pawb yn brysur.

'Paid anghofio'r hadau ges i gyda Mam-gu!' meddai Tomos.

'O diar!' meddai Mam. 'Hadau ffa! Maen nhw'n rhy fawr, Tomos bach. Yr hadau bach yma sydd orau ar gyfer ein cacen ni!

Gallwn ni blannu dy hadau ffa di yn yr ardd.'

9

'Pen-blwydd hapus, Dad!' meddai Tomos. 'Wyt ti'n hoffi'r gacen?'

'Blasus iawn,' meddai Dad. 'Beth sydd yn y brechdanau?'

'Tiwna a letys,' meddai Mam.

Ac mae gwên Cadi'n ymestyn hyd eithaf ei whisgars.

Cyhoeddwyd yn 2009 gan Wasg Gomer, Llandysul, Ceredigion SA44 4JL

ISBN: 978 1 84323 954 3

Noddwyd gan Lywodraeth Cynulliad Cymru
Cyhoeddwyd dan nawdd Cynllun Adnoddau Addysgu a Dysgu CBAC

Argraffwyd a rhwymwyd yng Nghymru gan
Wasg Gomer, Llandysul, Ceredigion SA44 4JL
www.gomer.co.uk